Conoce nuestros productos en esta página, danos tu opinión y descárgate gratis nuestro catálogo.

www.everest.es

Dirección Editorial: Raquel López Varela
Coordinación Editorial: Ana María García Alonso
Maquetación: Cristina A. Rejas Manzanera
Diseño de cubierta: Francisco A. Morais

Tercera edición

© Manuel Ferrero
© EDITORIAL EVEREST, S. A.
Carretera León-La Coruña, km 5
ISBN: 978-84-441-4921-9
Depósito legal: LE. 19-2014
Printed in Spain - Impreso en España

EDITORIAL EVERGRÁFICAS, S. L.
Carretera León-La Coruña, km 5
LEÓN (España)
Atención al cliente: 902 123 400
www.everest.es

La hormiga Pasmina

Manuel Ferrero
Ilustrado por Raquel Lanza

Con todo mi amor para mis sobrinos:
Andrea, David, Desirée y Nayra.
Manuel Ferrero

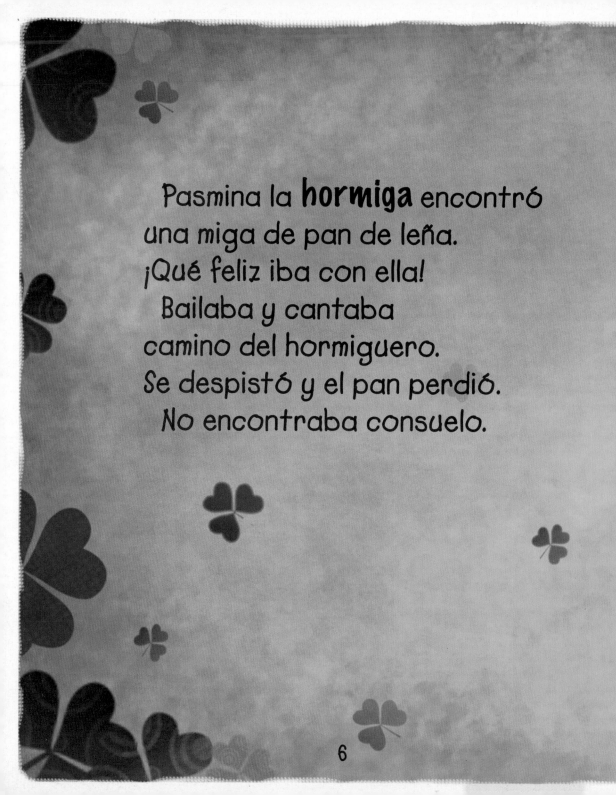

Pasmina la **hormiga** encontró
una miga de pan de leña.
¡Qué feliz iba con ella!
   Bailaba y cantaba
camino del hormiguero.
Se despistó y el pan perdió.
   No encontraba consuelo.

«¿Dónde estará?»,
lloraba y lloraba.
«¿La tendrá el
gigante?».
—¿**Gigantón** de
altura y manotas
de montaña,
has visto una miga
de pan blanca como
las nubes blancas?
—**No. No. No.** La tendrá la araña.

—**Araña** de patas de alambre
y hambre de muchos días.
¿No te habrás comido una miga
crujiente y reluciente?
Mira que era mía.
—**No. No. No.** A ti sí te comería.

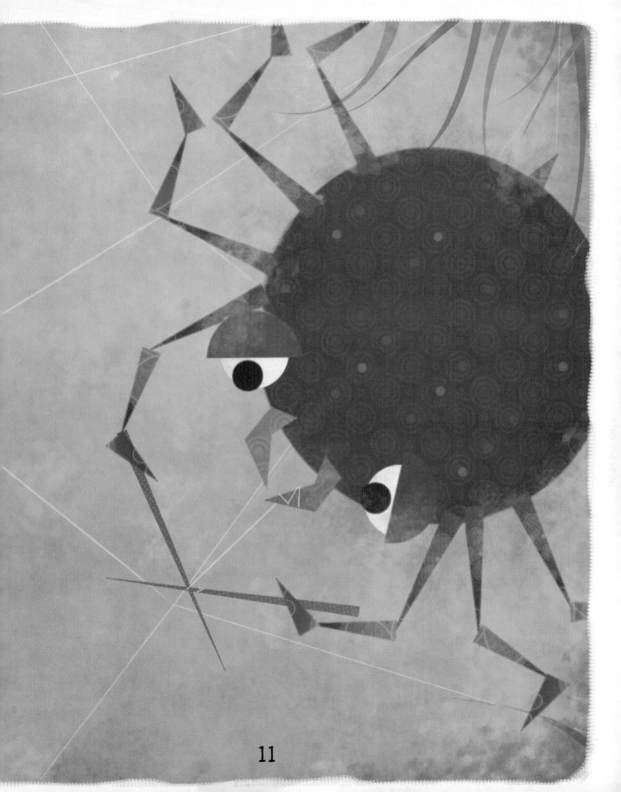

11

Escapó corriendo asustada
y se tropezó de frente
con la **lagartija**.

—Señora de cola larga
y lengua pegajosa,
¿no habrá encontrado
una miga de pan esponjosa?

—**No. No. No.** Pregúntale
a la mariposa.

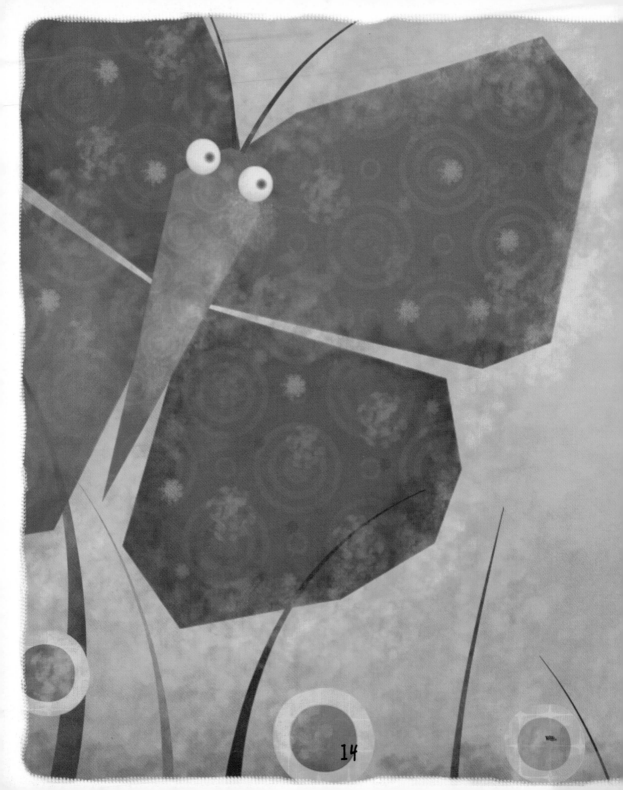

14

Pasmina se quedó pasmada
al verla volar.

—Perdone, **Mariposilla,**
parece un arco iris *juguetón,*
¿ha visto en el jardín
una miga pequeña de pan
de leña que se me perdió?

—**No. No. No.** Pregúntale al viento
si la levantó.

—¡Huy! ¡Huy! ¡Qué miedo!
El **viento** puede meterme
en un remolino.
Voy a atarme con una cuerda
al árbol del camino,
y si sopla, que sople,
no me levantará de mi sitio.

—¡**Viento**! Viento de movimiento
rápido o lento, estuviste atento.
¿Has visto una miga de pan sabroso
que llevaba sobre mi espalda
con esfuerzo sudoroso?
   —**No. No. No** —respondió, cariñoso—
Puede que la tenga el oso.

Pasmina caminó a la cueva
y gritó fuerte desde fuera:
—Salga, **señor Oso,** salga.
—AAALGAAAA... —repitió el eco.
—¿Cómo dice?
—IIICEEEEE... —volvió a repetir.
Oso a la entrada se rio curioso.

—Dígame, hormiguita.

—¡Oh! ¡Eres muy grandioso!
¿Vio usted una miguita?
Era muy bella y chiquitita.
Con ella iba a hacerme
una empanada de salchichita.

—**No. No. No.** Tal vez la tenga
la Tía Margarita.

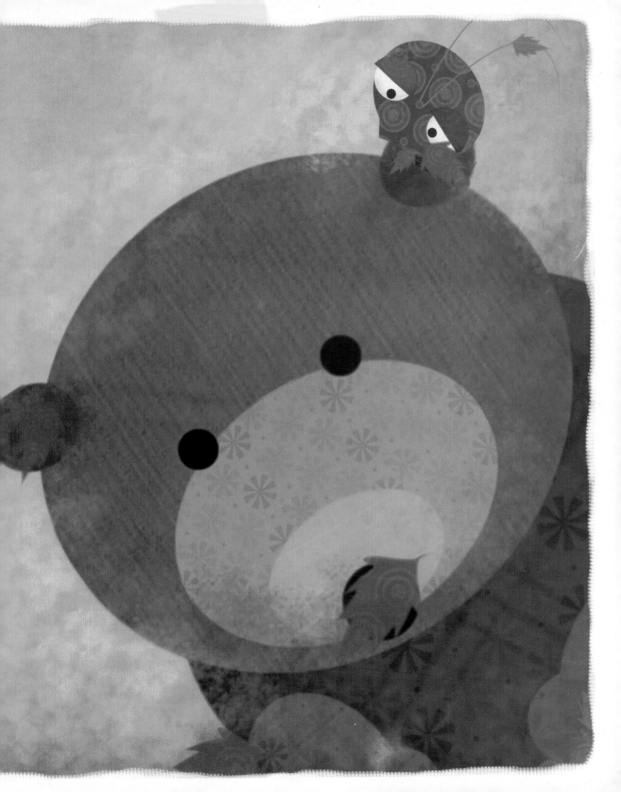

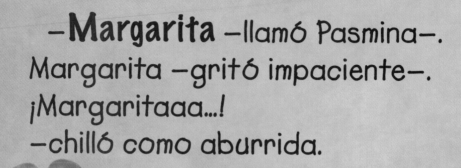

—Margarita —llamó Pasmina—.
Margarita —gritó impaciente—.
¡Margaritaaa...!
—chilló como aburrida.

Llegó con pereza con
un pañuelo azul en la cabeza.
   —¡Vaya! Qué griterío, parece
un grillo en vez de una hormiga.
A ver, qué quería, diga.
   —Tía Margarita,
siempre tan elegante.
¿Ha visto una **miga** alucinante?
   —**Sí. Sí. Sí.**
   —¿La vio?
   —Sí.
   —¿Dónde está?
   —Me la comí.

—¡Ay, Dios mío, qué desgracia!
—Se puso **Pasmina** a llorar de pena.
Parecía una Magdalena.

—No llores. Discúlpame. Lo puedo
arreglar.

—No tiene solución,
para una vez que encuentro
un tesoro tan grandón...

—Sí la tiene.

Margarita posó a Pasmina
en la palma de la mano.
Con cuidado de no hacerle daño
la llevó a su casa y la metió
en la panera, al lado de
una **hogaza** de dos kilos.

—Coge la miga que quieras.

—¿Para mí?

—Sí, para ti.

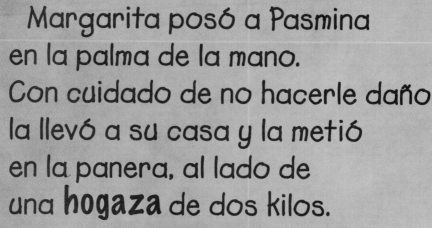

La hormiguita tomó un trozo
redondo de miga de pan de centeno,
y le pareció tan bueno, tan bueno,
que ya no se sintió desgraciada.

Se marchó cantando y bailando
como si nada.

Pasmina aprendió que toda
desgracia puede tener solución.

Y fueron todos **felices**
y comieron tostadas de migón,
unas con queso y otras con jamón.

El autor

Me llamo **Manuel Ferrero**.
Soy un cuentacuentos nacido
en Léon y ciudadano de la vida.
Criado a base de narraciones,
mina de carbón, nieve y mucha
paciencia, decidí dejar el mundo
de la abogacia para escribir.
Recojo historias de la gente mayor
y las vuelvo a narrar. También cuento
las mías propias.

Ternura y libertad es lo que me gusta
y difundo. Si te interesa saber más,
adéntrate en el mar de las palabras
que escribo en **www.manutecuenta.com**.
Ojalà que resuene tu corazón
con el mío.

La ilustradora

Yo soy **Raquel Ordóñez Lanza**. Nací en León, un 14 de abril hace 35 años.

Toda mi vida la he pasado con un lápiz en una mano y una flauta en la otra, por lo que no es de extrañar que mi destino me llevara a dedicarme a enseñar Música y Plástica, y a demostar su importancia en el desarrollo de las personas.

Cada imagen que hago representa un trocito de pensamiento que me gustaría compartir con los demás. Y puesto que siempre dicen que «estoy en las nubes», quisiera aprovechar para subir a todas las personas a mi nube de colores y compartir las historias que mis imágenes van contando.